KB197128

베스트 한국 전래 동화 29

흥부와 놀부

글 배효정 l 그림 박문희

어느 고을에 흥부와 놀부 두 형제가 살고 있었어요.
형 놀부는 마음씨가 고약했지만 동생 흥부는 마음씨가 고왔어요.
아버지가 돌아가시자 욕심쟁이 놀부는 재산을 모두 차지해 버렸어요
흥부는 재산을 몽땅 빼앗기고도 아무 불평 없이
형의 일을 도우며 열심히 살았어요.
그런데도 놀부는 흥부를 집에서 쫓아 낼 궁리만 하였어요.

흥부에게는 아이들이 아홉 명이나 있었어요.
놀부는 아홉 명이나 되는 아이들이
양식*을 축낸다고 생각했어요.
그래서 어느 날, 화를 참지 못하고
빗자루를 마구 휘두르며 흥부에게 덤벼들었어요.
"네 이놈 흥부야! 언제까지 내 집에서 살 셈이냐?"
"잘못했어요, 형님!"
흥부네 가족은 놀부에게 쫓겨나 산 밑에
오두막집을 짓고 살게 되었어요.

*양식 : 살아가는 데 필요한 먹을거리.

"아버지, 배가 고파요!"
굶주린 아이들이 칭얼대자 흥부는 가슴이 무척 아팠어요.
어쩔 수 없이 흥부는 놀부를 찾아갔어요.
"형님, 제발 보리쌀이라도 조금만 꿔 주세요."
"네 이놈, 여기가 어디라고 와서 양식을 꿔 달라는 거냐?"
놀부는 빗자루를 들고 달려들고
형수는 주걱으로 흥부의 뺨을 찰싹! 때렸어요.
흥부는 밥알이라도 얻을까 하고 또 뺨을 내밀었지요.

화창한 어느 봄날이었어요.
제비 부부가 흥부네 처마*
밑에 둥지*를 틀었어요.
그러더니 곧이어 알을 깨고 새끼들이 나왔어요.
"아버지, 얼른 와 보세요!"
하루는 아이들이 다급한 목소리로
흥부를 불렀어요.
흥부가 얼른 달려가 보니,
새끼제비 한 마리가 땅에 떨어져 있었어요.

*처마 : 지붕이 기둥 밖으로 내민 부분.
*둥지 : 검불·털·나뭇가지 따위를 모아 지은 새의 집.

11

"쯧쯧쯧, 다리가 부러졌구나."
흥부는 새끼제비의 다리를 헝겊으로 동여매고
다시 둥지 위에 올려놓았어요.
흥부의 정성으로 다친 새끼제비도 무럭무럭 자랐어요.
어느덧 가을이 되자, 제비들이
따뜻한 남쪽 나라로 떠날 준비를 하였어요.
제비들은 마당 위를 한 바퀴 돌더니 휘잉 하고 날아갔어요.
"잘 가거라, 제비들아. 내년에 또 오렴."
흥부네 식구들은 정이 든 제비들과 작별 인사를 나누었어요.

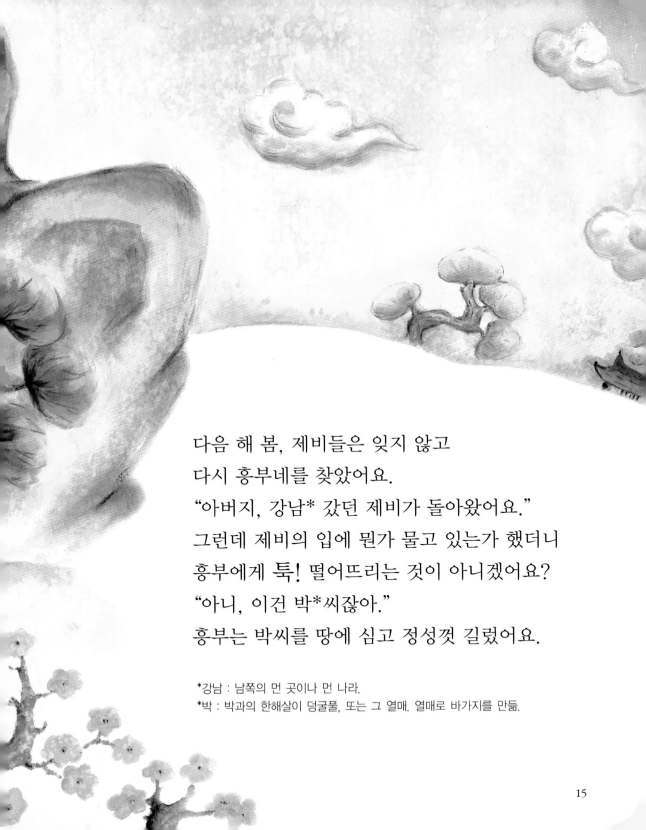

다음 해 봄, 제비들은 잊지 않고
다시 흥부네를 찾았어요.
"아버지, 강남* 갔던 제비가 돌아왔어요."
그런데 제비의 입에 뭔가 물고 있는가 했더니
흥부에게 툭! 떨어뜨리는 것이 아니겠어요?
"아니, 이건 박*씨잖아."
흥부는 박씨를 땅에 심고 정성껏 길렀어요.

*강남 : 남쪽의 먼 곳이나 먼 나라.
*박 : 박과의 한해살이 덩굴풀, 또는 그 열매. 열매로 바가지를 만듦.

가을이 되자 커다란 박들이 주렁주렁 지붕 가득 열렸어요.
"박으로 물바가지를 만들면 되겠다."
"아니야, 쌀바가지가 더 잘 어울려."
아이들은 박을 구경하며 재잘재잘 떠들었어요.
흥부 부부는 박을 따서 톱질*을 시작했지요.
"톱질하세, 톱질하세.
슬근슬근 톱질하세."
그러자 펑! 소리와 함께
커다란 박이 반으로 쩍 갈라졌어요.

*톱질 : 톱으로 나무나 쇠붙이 따위를 켜거나 자르는 것.

박 속에서는 쌀이 우르르 쏟아져 나왔어요.
"아니, 이게 웬 쌀이야?"
흥부 부부는 깜짝 놀라 그 자리에 털썩 주저앉았어요.
"여보, 다른 박도 한번 타 봅시다."
흥부는 놀란 가슴을 쓸어 내리며 다른 박을 골랐어요.

'펑!'
뭉게뭉게 연기가 피어오르더니
이번에는 금은보화*가 와르르 쏟아져 나왔어요.
'펑!'
이번에는 으리으리한 기와집이 번쩍 나타났어요.
"주인님!"
이번에는 하인들이 주르르 나와 흥부에게 인사를 했어요.
흥부네는 하루 아침에 큰 부자가 되었어요.

*금은보화 : 금·은·보석 같은 귀중한 보물.

흥부가 부자가 되었다는 소문은
금세 놀부의 귀에까지 전해졌어요.
샘이 난 놀부는 한달음에 흥부에게 달려갔어요.
"네 이놈, 이 많은 재산을 모두 어디서 훔친 것이냐?"
"아닙니다, 형님! 훔친 게 아니에요."
"그럼 어떻게 하루 아침에 부자가 될 수 있느냐?"
"지난 해 봄에 새끼제비의 다리를 고쳐 주고……."
흥부는 놀부에게 지금까지 있었던 일을 모두 말했어요.

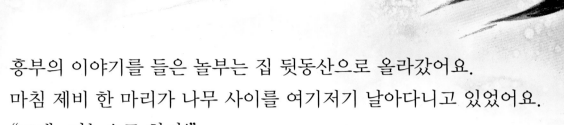

흥부의 이야기를 들은 놀부는 집 뒷동산으로 올라갔어요.
마침 제비 한 마리가 나무 사이를 여기저기 날아다니고 있었어요.
"그래, 저놈으로 하자!"
놀부는 제비를 향해 돌멩이를 힘껏 던졌어요.
돌에 맞은 제비는 땅으로 빙그르르 곤두박질치고 말았어요.
"옳지, 잘 됐다. 내가 다리를 치료해 줄 테니
내년 봄에 박씨를 듬뿍 물고 오너라."
놀부는 제비의 다리를 치료해 주며 낄낄 웃었어요.

이듬해 봄이 되자 정말로 박씨를 물고 제비가 날아왔어요.
놀부는 신이 나서 정성을 다해 박을 길렀어요.
가을이 되자 놀부네 집에도 탐스러운 박이 주렁주렁 열렸어요.
놀부는 아내를 불러 박을 타기 시작했어요.
"톱질하세, 톱질하세.
슬근슬근 톱질하세."
"이제 세상에서 제일 큰 부자가 될 테니 두고 봐!"
놀부는 아내에게 큰소리를 떵떵 쳤어요.

'펑!'
박이 큰 소리를 내며 쩍 갈라졌어요.
그런데 박 속에서는 금은보화는커녕
무서운 도깨비들이 쏟아져 나왔어요.
"으악, 놀부 살려!"
도깨비들은 몽둥이로 놀부 부부를 마구 혼내 주었어요.
"착한 동생을 괴롭히는 이놈! 어디 맛 좀 보아라!"
"잘못했습니다. 다시는 안 그럴게요!"
놀부는 도깨비들에게 싹싹 빌었답니다.

도깨비들이 놀부네 집을 모두 부순 탓에
놀부는 하루 아침에 거지가 되고 말았어요.
소문을 듣고 착한 흥부가 부리나케 달려왔어요.
"나는 이제 쫄딱 망하고 말았구나."
놀부가 눈물을 흘리며 흥부에게 하소연*을 했어요.
"형님! 걱정 마세요. 저희랑 함께 살아요."
"흥부야, 내가 잘못했다."
놀부는 진심으로 자신의 잘못을 뉘우쳤어요.
흥부는 형님을 모시고 오순도순 잘 살았답니다.

*하소연 : 억울하고 딱한 사정을 털어놓고 말하거나 간곡히 호소함.

흥부와 놀부

내가 만드는 이야기

아이들이 들려 주는 이야기를 들어 본 적이 있나요?
그 이야기 속에는 아이들의 무한한 상상력과 창의력이 담겨 있음을 발견하게 될 것입니다.
번호대로 그림을 보면서 앞에서 읽었던 내용을 생각하고,
아이들만의 상상력과 창의력이 표현된 이야기를 만들어 보게 해 주세요.

흥부와 놀부

옛날 옛적 박 타는 형제 이야기

어느 고을에 마음씨 고약한 형 놀부와 착한 동생 흥부가 살고 있었습니다. 놀부는 아버지가 돌아가시자 재산을 모두 차지하기 위해 흥부네 가족을 내쫓습니다. 쫓겨난 흥부네 가족은 할 수 없이 산 밑에 오두막집을 짓고 살게 되었어요. 흥부네 가족은 먹을 것이 없어 힘겨운 나날을 보내야만 했지요. 그러던 어느 날, 흥부네 처마 밑에 둥지를 틀었던 제비가 다리를 다치는 일이 생기죠. 흥부는 정성껏 제비를 치료해 줍니다. 이듬해 봄, 다리를 치료 받았던 제비가 박씨를 물고 와 흥부에게 주고, 흥부는 박씨를 심고 정성껏 길렀습니다. 어느덧 박을 거둬들일 가을이 돌아왔습니다. 흥부는 아내와 함께 커다란 박을 켰습니다. 그런데 박 속에서 우르르 금은보화가 쏟아지기 시작했습니다. 흥부가 부자가 되었다는 소식에 샘이 난 놀부는 일부러 제비 다리를 부러뜨려 부자가 되길 바라지만 그가 키운 박씨 안에는 도깨비들이 들어 있어서 크게 혼이 나고 만다는 이야기입니다.

〈흥부와 놀부〉는 판소리 〈흥부전〉을 축약한 전래 동화입니다. 〈흥부전〉은 지어진 연대와 작자를 알 수 없는 판소리계 소설로서, 〈흥부가〉〈흥부전〉〈박타령〉〈박흥부가〉 등으로 불리며 다른 류의 이야기도 굉장히 많은 작품입니다. 조선 후기에 판소리 대본으로 정착되며 서민들에게 인기 있는 작품이 되었는데, 이를 반영하듯 당시 서민들의 의식이 잘 반영되어 있습니다. 해학과 풍자적인 표현들은 독자에게 재미를 줄 뿐 아니라 권선징악의 교훈도 함께 전하고 있어, 대중적으로 많은 공감을 끌어 낸 작품입니다.

▲ 〈흥부와 놀부〉 연극 공연 장면.